在花蓮

山與海的激盪

方群——著

【自序】

有山・有水・有詩

位居「後山」的花蓮，土地超過四千六百平方公里，是臺灣面積第一大縣市，也是好山、好水、好人文的薈萃之地。背倚高聳深邃的中央山脈，面迎遼闊無邊的太平洋，臺九線貫串縱谷，臺十一線蜿蜒海際，花東鐵路穿梭馳騁。在這片豐饒多樣的土地，原住民、閩南、客家與外省等族群各自開枝散葉、落地安居，不論士農工商，或是耕樵漁牧，在飲食特產推陳出新，在觀光遊憩另闢蹊徑。這裡是尋幽探奇的勝地，也是放飛夢想的天堂，每個懷抱疑問或盼望的遊子，都可以在這裡找到一份意料之內或之外的答案。

《文心雕龍・物色》曰：「若乃山林皐壤，實文思之奧府。」對自然景物的感受體驗，可以激發靈思妙想，有助於成就不朽的作品，自是理所當然。花蓮境內藝術文學宗師輩出眾所皆知，而過往墨客騷人受此孕育漸染，也不免心有戚戚。關於花蓮書寫的篇幅，在個人詩作中的數量頗為可觀，其中早期的作品或許是不自覺的偶然，但是隨著閱歷漸增、年歲虛長，不論是奔波公私業務，或是旅遊休閒娛樂，這部份的作品，也隨著版圖與時間的累積而日益豐碩。

《在花蓮——山與海的激盪》成為我的第九本詩集，也是繼《邊境巡航——馬祖印象座標》後，第二本聚焦於單一縣市的地誌詩集。詩集共收錄詩作八十一首，合計近千行。詩作分五卷，「卷一：縱橫行旅」收錄詩作八首，抒發往來花蓮交通的所見所聞。「卷二：山海遊蹤」收錄詩作十首，為遊覽花蓮各地的心得感想。「卷三：飲食天地」收錄五七五的俳句體二十八首，取材縣境的美食、小吃與點心。「卷四：平行相思」收錄三行詩二十五首，內容為臺鐵在花蓮縣內的車站。「卷五：詩人說法」則收錄十首以不同體式評論縣籍詩人的發想詩作。整體而言，這是一冊廣及山水、交通、特產與人物的花蓮新詩結集。

個人在第一本旅行詩集《縱橫．福爾摩沙》後記〈我的旅行／我的詩〉中曾說：「對很多人來說，旅行是出走的嘗試，也是夢想的回歸，在匆匆忙忙的來來去去之間，每一次的旅行開始，其實也預約了這一次的必然結束與下一次的未知開始。然而，在這些追尋與遺失的繁複過程中，也許只有曾經的詩篇，證明了所有簡單而卑微的快樂與存在。底片的色彩終將因風霜的摩擦而褪去，人生的記憶也會因歲月的輾壓而模糊，但跨越千山萬水之後，所有昂首挺立的詩，卻會永遠縈繞在你我共鳴共感的心靈廣場。」

寫作的追求，就像夸父逐日的壯烈，然就算犧牲生命，也不一定能有所得。創作者的終生職志，需以決心毅力拼搏，但創作歷程的開展千般百樣，也是詩人鏡花水月的不斷試煉。

每一本詩集的問世，除了詩人的經營付出，也仰賴多方心血的鎔鑄。感謝花蓮縣文化局提供經費贊助，諸位評審委員大力支持，以及秀威資訊科技的協助出版。這本詩集是對過往的承繼，也是迎向未來的開端。心在那裡，路在那裡，承諾在那裡，詩也在那裡。

序詩

左手是海　右手是山

左手是海　右手是山
海是習慣流浪的名字　山是值得期待的朋友
名字別在不會傷心的胸口　朋友蟄伏在想像加密的頻率
胸口總是踮著腳瞭望遠方　頻率共振彼此沾黏的心悸

遠方定存了瑰麗的想像記憶　心悸是因為即將到來的相遇
記憶通常會留下波浪似的疤痕　相遇之後該有些什麼應該發生
疤痕的蹤跡無法輕易掩飾　發生的事有些記得有些選擇忘記
掩飾的童年擱淺成回憶海岸　忘記之後的痕跡封藏在不透光的隱匿

海岸堆積你我的洋流情感　隱匿是不正常的低調呼吸
情感任性地穿越縱谷穿越溪流　呼吸率性地穿越溪流穿越縱谷
溪流離開的時候習慣攤開右手　縱谷回家的時候總是握緊左手
右手是海　左手是山

CONTENTS

卷一
縱橫行旅

卷二

山海遊蹤

卷三

飲食天地

卷四 平行相思

卷五

詩人說法

卷一

縱橫行旅

大雨傾盆

——過蘇花公路逢暴雨有感

急躁的夜色在背後追趕我們疲憊的雨刷
左側是茫茫無涯的起伏海平線
右方是巍峨崢嶸的陡峭山壁
徘徊的思緒輾轉成
是是非非的假設可能

想像還是在很遠很遠的地方
我悄悄地數著
無意識的紛亂節奏
敲打著昔日思念的繁複密碼
我握雙手成陰陽的輪盤
賭注一生的成王敗寇

滂沱的大雨依然傾盆，墜落
等待的心卻不能草草風乾
在蘇花公路崎嶇的偶然陰影片段
時間的秒針已寂然
停　　格

與美人的對話

——搭臺鐵「東方美人號」赴花蓮有感

不期而遇的匆匆邂逅，搖擺
時光殘存的復古風華
在席捲而來的東方浪潮中
妳輕移蓮步

妳輕移蓮步，向著
陽光率先甦醒的原鄉地方

在山與海的夾縫
在人和自然的靜默對話

在人和自然的靜默對話
妳我凝視彼此的坦然心靈
遠離都市瀰漫的塵囂
穿梭神話未竟的唯美卷帙

穿梭神話未竟的唯美卷帙
路過的候鳥開始懷疑我們的關係
珍藏的時光膠囊仍如當初
那些不必兌現的珍藏誓言

那些不必兌現的珍藏誓言
是往返現實與想像的定期列車
來來去去的紅男綠女，複寫著
女綠男紅的去去來來

車過崇德

沿著海岸的鋸齒，我們
切割太平洋西岸的塊狀風景
想像日出的高雅姿態
沐浴無端的慵懶感覺

在隆隆的車聲之外
你的窗會開在山或海的哪一邊呢？

當波浪揚起青春的嘴角
愛是隱匿歲月披風的沉默刺客

車過天祥

依然是記憶中蜿蜒的漫漫長路
盤桓年少時追尋的遙遠足跡
距離是可以累積的信用里程
歲月卻是不能兌換的典藏代幣

滔滔的溪水向著大海的舞台盡情裸奔
天地的斧鑿想像永恆的回音讚嘆

我呼嘯山谷中所有共鳴的翅膀
昇華靈魂殘存的留戀重量

車過瑞穗

始發的情緒氤氳忐忑與不安
列車即將向遠方展開瞭望
迂迴東北角的嶙峋海岸
搖擺蘇花路的陡峭懸崖

沿著縱谷，我們一路向南
在陽光無限供應的微笑平原

軌道的音符持續佔領耳膜的孤單領地
兌換一張張直達幸福的單程車票

車過雙潭

·鯉魚潭·

駐守妳疲憊的神話
在悠遊的環形水池
這一泓蔚藍的思念
展開雙臂
擁抱天地凝望的距離

·七星潭·

想像一次完美的日出
在每雙期待的深情眼眶
曾經，波濤之後
我們綿延的海，到此
為止

軌道

‧208往玉里的自強號‧

蟄伏濃妝搖滾的車廂
在回眸中
穿過雨水綿密的哀傷

·651往瑞穗的莒光號·

揉雜山與水愛戀
孕育豐收
在一座異名建構的村落

·4675往鳳林的普快車·

鏽蝕的歲月
行過
鐵道佝僂的回聲

．4163往志學的區間車．

擦拭你堅定的眼眶
綿延的瀏海
親吻泥土沉睡的芬芳

．223往臺北的普悠瑪．

在站與站的呼喚
妳大步跨越
不停靠的思念

偕行六則

・之一　同車・

你的方向，停駐
車票瞭望的模糊輪廓
我的未來，隱藏
窗外相擁的離別戀人

．之二　一夜．

在愛與不愛的困惑
反覆，醒來。

．之三　早餐．

容易喚醒的飢餓，也
容易充填飽滿的錯覺

‧之四　午寐‧

暫時休止的節奏
沉陷慾望漂浮的海綿

‧之五　咖啡‧

不自覺濃縮的喜樂
點點溶解哀傷的夜色

・之六 背影・

說好不回頭的座標
在縱橫碰撞的闖蕩中
定位永恆

巻二

山海遊蹤

花蓮五記

·之一　清水斷崖·

那應該是一座山的肩膀，抵擋
太平洋的驚濤駭浪
那應該是一片土地的胸膛，包容
流浪者的徘徊眼光

那應該是一間好心情的加工廠，生產
歡笑與快樂的神奇配方
那應該是所有心靈歇息的港灣，擁抱
愛與和平的力量

·之二　七星潭·

悄悄，點亮
遊子疲憊的鄉愁
倒映在
海的臉上

‧之三　鯉魚潭‧

不能放下的沉重慾望
是千山萬徑滅絕的
功名利祿

‧之四　美崙溪‧

蜿蜒切割著
城市繁榮的臉
歷史湮埋的夢

・之五　溝仔頂・

虛擬的胃總是容易飢餓
時時刻刻搜尋著
家鄉的熟悉味道

花蓮六帖

·之一　清水斷崖遇阻·

沿著公路的肩膀我們凝視遠方
疲憊的水平線
在太平洋的邊緣閃閃發亮

‧之二　七星潭盼日出‧

不及驚呼的起落故事
醞釀多時的產前陣痛
延伸，夢的國境

‧之三　六十石山尋金針花‧

曲折盤旋
一片期待的黃金花海
徘徊相機搖曳的ＬＥＤ

．之四　鯉魚潭夜觀煙火．

當花火衝向闃黑的天空
沉重的夜色，驟然
俯視所有疲憊的仰望

．之五　秀姑巒溪憶泛舟．

愛嘲笑的高低漩渦
把浸水的潮濕童年回聲
猛力推開

‧之六　芭崎望海‧

不想睡的午後
細數斑駁的歲月抬頭紋
尋找散佚的春光

花蓮行旅

·和南寺·

和平的面對
南方氣流激盪
寺廟晚鐘，依舊……

‧慶修院‧

慶祝的歌聲綿延不絕
修葺庭院堆疊的梵音，在
院落縈繞

‧白鮑溪‧

白色的雲朵飄過，俯瞰
鮑魚不會出現的山澗中
溪水潺湲

‧立川漁場‧

立身處世
川流於紅塵
漁人尋找的津渡
場域是桃花的蕩漾

‧林田山‧

林木環繞著
田野瀰漫雲霧
山層層飄渺

．滿妹豬腳．

滿滿的幸福
妹妹妳懂得那種滋味嗎？
豬的寶藏
腳蹄留下香味的烙痕

‧光復糖廠‧

光年的距離
復興了文化的彩繪
糖水凝結成冰
廠區流竄甘蔗般的人群

．雲山水．

雲飄著，未來……
山站著，現在……
水流著，過往……

．七星潭．

七天七夜的尋覓
星的故鄉
潭水仍鼓動鄉愁

七星潭五寫

・一・

慢慢的翻身，午後
映射螢光幕的故事
拼貼一首不成形的情節

·二·

記憶的油彩一路攤開
風的聲音
訴說陽光疲憊的樣子

·三·

曲折的舌頭舔過沙灘
火燙的汗珠
被山嵐偷偷帶走

·四·

不能逾越的邊線
在眼光的反覆掃射後
將夕陽擊落

·五·

愛哭不需要任何理由
任性的海，總是
一直說一直說一直說……

水的聯想

——花蓮紀行

．海．

起伏的過客心態，沾黏著
有些熟悉的陌生情感
在進退之間

·波·

平靜的腦下腺垂體
以弧線的方式推進
多重思考的單一頻道

·浪·

款擺風情
勾引柔媚的致命曲線
侵蝕殘破的記憶防波堤

獨宿花蓮夜遇雨

推門問天
濃厚的低壓正汩汩迫近
電視機預報的濕度持續上升
雨滴在眉頭凝結
紛亂交雜的等待心情
隱隱，震動

閃爍的公路筆直向兩端延長
破碎的陰暗夜色
悄悄，拼貼傷痕
用一本破舊的地圖翻閱青春
眼角已然沈重

路還是寫在昨天想的筆記簿上
晾在陽臺的濕衣服
擺手瞭望模糊的沉默遠方
雨後的花蓮，聽我
無言告白
來自異鄉窮途的落寞感受……

在花蓮

山走到這裡就累了
一躺下——
濺起滿身閃爍的月光
疲憊的夜色仍沿著公路緩緩挺進
等待黎明的脊背，鼓動
風的翅膀

在太陽悄悄升起的地方
總有些容易氾濫的陌生情感
跟著心情起伏
隨著浪花擺盪

再次，告別花蓮

沿著海岸的裙襬，我們
向北航行
在棉花糖般的雲層之上
味道是想像之外的甘甜

航高：一萬一千呎
我們逆風前行

遠方的山脈依然矗立
逗引著我們繼續向前

穿透亂流的擾動，我們
繼續向前，陽光
間斷閃爍，徘徊
季風剛剛顧盼過的盆地
流洩一地的遲緩感情

東海岸

起初是幾根崢嶸的頭髮
然後是上揚的眉角和眼尾
接著有一道側削的肩線
連結平整的胸圍與腰身
翻過尻骨的必然凸起
預期之外的臀部仍青春

至於大腿以下的記憶弧線
已無暇顧及
——我在東海岸
沿著島嶼的曲線飛行想像……

東海岸憶往

尋找流浪的味道
是東海岸的季風
在山與海的蜿蜒間隙
吹拂著過客飄飄然的長髮
陌生的嘶吼穿破雲霄
消波塊無聊的斜躺著

揚起年少的夢想
希望振翅向遠方

多年又多年之後
我在波濤沖積的破碎海岸
思索落日不堪回首的莫名遺憾
打落一葉葉曲折仰望的歸航

卷三

飲食天地

花蓮美食俳句八首

·公正包子·

庶民齊讚揚
飽食不怕荷包傷
銅板叮噹響

·周家蒸餃·

生意喜相連
包子蒸餃同一邊
好吃不斷線

·液香扁食·

王侯也聞香
千里下馬莫匆忙
玉液賽瓊漿

·炸蛋蔥油餅·

暴雷伴烈火
五味調和在鼎鑊
解饞盼油鍋

·鋼管紅茶·

舒爽沁心涼
百丈直下笑客商
紅玉透寒光

·海埔蚵仔煎·

鐵板任煎熬
夕陽蜿蜒無限好
饕餮常圍繞

·包心粉圓·

滄海納乾坤
盤中天地自渾沌
珠圓又玉潤

‧一心泡泡冰‧

綿密化冰霜
風急雨狂也難擋
美味口腹藏

花蓮小吃俳句六首

·排骨麵·

懷舊憶過往
有肉有麵也有湯
溫熱暖胃腸

‧狀元粥‧

口味百百款
慧心搭配不平凡
一躍龍門端

‧烤肉串‧

夜市稱英豪
山珍海味未嘗少
煙霧仍繚繞

‧肉圓‧

山洞也迴響
皮Q餡足美名揚
品嘗自難忘

‧油飯‧

油潤閃金光
飯似琥珀賽驕陽
香味滿街巷

·愛玉冰·

愛吃難停休
玉潔柔嫩色剔透
冰清又爽口

花蓮點心俳句六首

・麻糬・

軟嫩口中嘗
街頭巷尾喜亮相
花蓮第一強

・豆乾・

歲月難暫存
芳香千里留齒痕
黝黑何憾恨

・提拉米蘇・

翩翩渡重洋
落腳後山難隱藏
千里亦飄香

·泡芙·

醞釀如花苞
綻放春光無限好
芙蓉擁懷抱

·奶油酥條·

巧手化天機
香濃爽脆自得意
張口莫遲疑

・豆花・

冷熱均益彰
鮮嫩香滑縈鼻腔
粉顏映華光

花蓮鄉鎮美食俳句八首

・佳興檸檬汁（新城）・

酸甜沁心涼
回味百般總懷想
點滴在異鄉

‧馬告香腸（吉安）‧

野味賽胡椒
尋幽訪勝靈光照
原名稱馬告

‧滿妹豬腳（鳳林）‧

難忘好味道
山林飄香誰不曉
總是為豬腳

·韭菜臭豆腐（鳳林）·

相伴益彰顯
海濱逐臭莫嫌遠
美食藏奇險

·糖廠冰棒（光復）·

回首望童年
千思萬想滴垂涎
歷歷在眼前

・涂媽媽肉粽（瑞穗）・

站外恆飄香
簡單搭配顧胃腸
車來又人往

・玉里麵（玉里）・

夕陽無限好
輕鬆果腹是麵條
前行路迢迢

．廣盛堂羊羹（玉里）．

甜膩似蜜糖
狀似方正烏金棒
玉里廣盛堂

卷四

平行相思

花蓮鐵道速寫

·和平·

翻閱溪水奔騰的界線
也曾堅若磐石
也曾灰飛煙滅

．和仁．

來來往往的貨物堆疊
罕見，口舌喧擾
默默把噸數扛在肩頭

．崇德．

貼緊的呼吸始終持續
逡巡的眼光
尷尬在山與海的決裂邊緣

・新城（太魯閣）・

用原始的名字呼喚你
看疾走的呼嘯身影
聆聽祖靈的庇蔭

・景美・

風光是否也如此明媚？
偶然響起的跫音
等待，你的邂逅

‧北埔‧

依稀能聽見號角迴響
雄壯的步履
邁向天涯

‧花蓮‧

花開花落之後
曾經的潮水迴旋激盪
憑空拔起今世噴湧的驚奇

・吉安・

也許落櫻曾經飄零
那些喃喃的祝禱
平安歇息

・志學・

只是巧合的音譯
讓有心的路人誤認
你是個有志向學的好孩子

·平和·

靜靜地佇立在鯉魚潭南方
村莊的暱稱
貼在小巧的額頭

·壽豐·

邁開腳步
可能是對年紀的需求，或是
貧瘠之後的收穫期待

・豐田・

那是一輛疾駛的日本轎車？
還是流落東京都的異鄉遊子？
交會，愚蠢的誤讀

・林榮新光・

隱伏穿過河流的脈絡
往復遷徙的站牌矗立
打開農場的門

・南平・

只有一車車煉鋼的原料匆匆走過
午後的漫長鼾聲
延續良久……

・鳳林・

翻山越嶺後的祥瑞相聚
攤開一卷卷的晴耕雨讀
是釁舍巍巍的仰望

·萬榮·

一陣陣飄香的豬腳，封存
一罐罐裸露的刺激辣椒
寄寓的名字始終沒有歸還

·光復·

古老的「馬太鞍」低頭沉思
當糖廠的各式冰棒吶喊躍起
滋味總是熟悉

·大富·

純粹想像的站名
和手指頭一樣孤單的
乘客與列車

·富源·

跋涉溪流，聽見
破蛹而出的美麗傳說
翩翩飛過

・瑞穗・

古老的說法是水流尾端
聽泛舟的喘息驚呼
捲起風水頻頻的交歡

・三民・

早已寥落的稱呼
等待孤單的區間列車
捎來定期問候

· 玉里 ·

一路鋪展的平行歷史
在此歇息，展望
雕琢的絕世手藝

· 東里 ·

分道揚鑣之後，風華
醞釀
鐵馬奔馳著昔日的鏗鏘

・東竹・

縮寫的匿名太過擁擠
剩下的瞭望
預告金針花的綻放

・富里・

據說是土壤肥沃的莫名自信
在南方
一步跨越邊境瀕臨的遲疑

卷五

詩人說法

葉日松

——葉子漂泊了祖先忙碌的腳步

葉子漂泊了祖先忙碌的腳步
日常的勞動在異域依然延伸
松樹挺立太平洋搖晃的肩頭
是不是都寫成一張堅韌的紙
花朵綻放在陽光升起的地方
蓮身的姿態挺立成晴耕雨讀
客居多年喚醒泥土濃郁芬芳

家是難遺忘的那些歌謠傳唱
人是中原板蕩後的輾轉流傳

＊葉日松（一九三六—），花蓮富里鄉人，詩人、散文家、兒童文學作家。臺灣師範大學畢業，曾任中小學教師四十年。曾獲國軍文藝金像獎、中興文藝獎章、客家貢獻傑出成就獎等，著有《摩里沙卡的秋天：詩寫花蓮》、《拨粄圓：葉日松的少年詩選》、《葉日松詩選》等。

楊牧

——沿著太平洋的環流你旋轉地球

沿著太平洋的環流你旋轉地球
讓一個小小的島嶼以支點的方式被看見
風雨夾擊的谷地很容易自滿或哀傷
異國的鄉音交會在習慣未知的舌頭

被風吹起的雪花似乎已經融化很久很久了
記憶仍停留在時光命題的奇萊寓言不肯散去

我獨自佇立敦化南路的轉折巷口，聽
茶餘酒後忘情迴盪的長短歌行

*楊牧（一九四〇—二〇二〇），本名王靖獻，花蓮人，詩人、散文家、評論家、翻譯家。愛荷華大學創作碩士，柏克萊加州大學比較文學博士，曾任西雅圖華盛頓大學教授，東華大學文學院院長，中央研究院中國文哲所特聘研究員兼所長。曾獲吳三連文藝獎、國家文藝獎、紐曼華語文學獎等，著有《海岸七疊》、《有人》、《完整的寓言》、《時光命題》、《介殼蟲》、《長短歌行》等。

吳德亮

——得從那年國四的英雄歲月說起

得從那年國四的英雄歲月說起
你畫出一幅電影的不可思議
在頻道上，斷續某個即將消失的傳奇……
添加的油彩太過辛辣，鏡頭
罩不住化外的眼鼻口舌心

望著翻山越嶺的瓊漿玉液你嘻嘻笑著
關於詩的語言，暫時寄存

牆頭展開的是一幅水色抒情
那是青春頻頻漾起的額頭波紋
曾經在畫室外徘徊的，劍的握手

＊吳德亮（一九五二－），花蓮人，詩人、畫家、攝影家、茶藝家。中興大學法律系畢業，曾任報刊編輯，後致力於茶文化的推展與研究。曾獲時報文學獎，著有《劍的握手》、《畫室》、《月亮與劍》、《水色抒情》、《德亮詩選——詩書茶畫》等。

陳義芝

——從詩經的工整韻律你緩緩行來

從詩經的工整韻律你緩緩行來
隨風而起的枯瘦身影
模仿了鉛字排列的古老味道
不能遺忘的的遠方，有一位
我年輕的戀人，選擇

不安的居住，悄悄
穿過邊境

細數詩集的名字
在夕陽傾斜的完美角度裡
學會側身掩映

＊陳義芝（一九五三－），花蓮人，詩人、散文家、評論家，香港新亞研究所碩士，高雄師範大學國文研究所博士，曾任聯合報副刊主任，後任教於臺灣師範大學國文系。曾獲時報文學獎、中華文學獎、金鼎獎等。著有《不能遺忘的遠方》、《不安的居住》、《我年輕的戀人》、《邊界》、《掩映》等。

陳黎

——最最熟悉的應該是那首乒乒乓乓的戰爭交響曲

最最熟悉的應該是那首乒乒乓乓的戰爭交響曲
把屍體堆成一座值得憑弔的土丘

其實還有你不捨的潮汐憂鬱
沾染原住民吶喊的鄉音流淌在冰冷谷地

至於遠方流浪的輓歌則需要用詰屈的唇齒翻譯
關於一齣海洋與陸地爭奪聖靈的代理或孕育

簡單的問，島嶼的心臟會不會就藏在這裡？
沉默的肢體依然沉默，但眼神已偷偷轉移

＊陳黎（一九五四—），本名陳膺文，花蓮人，詩人、散文家、翻譯家、評論家。臺灣師範大學英語系畢業，曾任高中英文教師，現已退休。曾獲國家文藝獎、吳三連文藝獎、時報文學獎、聯合報文學獎等，著有《小丑畢費的戀歌》、《親密書》、《島嶼邊緣》、《聲音鐘》，以及譯作《聶魯達詩集》、《辛波絲卡詩選》等。

陳克華

——或許是臺北的天空也或許是那不該撕去的蝶衣

或許是臺北的天空也或許是那不該撕去的蝶衣
也有可能是撿到一顆不知被誰砍掉的頭顱
你的眼睛看著所有生病的眼睛
統計超越性別習慣的習慣性別
記憶裡依稀是那位騎鯨少年
蜿蜒扭動巡行在孤單的臺11線

我們在熟悉的城市繼續假裝陌生
我們在陌生的頻率搜尋沉默訊息

*陳克華（一九六一—），花蓮人，詩人、歌詞作者，攝影家、藝術創作者。臺北醫學大學畢業，哈佛醫學院博士後研究員，現任臺北市榮民總醫院眼科部主治醫師。曾獲金鼎獎、時報文學獎、聯合報文學獎等，著有《騎鯨少年》、《我撿到一顆頭顱》、《星球記事》、《我在生命轉彎的地方》、《欠砍頭詩》等。

吳岱穎

——聽偕行的腳步輕輕踩踏

聽偕行的腳步輕輕踩踏
烈火烙印水仙，在海南
季節閃亮的末端輾轉著
語言栓塞後的疲憊肯定

當風吹過奇萊山，一切

適當的詮釋，終將明朗

＊吳岱穎（一九七六—），花蓮人，臺灣師範大學國文系畢業，現任教於臺北市立建國高級中學。曾獲時報文學獎、林榮三文學獎等，著有《冬之光》、《明朗》。

沙力浪

——那是一段翻山越嶺的打獵歷程

那是一段翻山越嶺的打獵歷程
攀過山脈的肩膀
就能塑造自己的傳說

把名字和祖靈連結
在太陽升起的熟悉方向
塗抹黧黑的部落面容，彷彿夜晚

曾經雲豹曾經黑熊曾經水鹿
如今是鯨的傳奇，當月色交會
據說會有無垠的雙翅，隱隱
翱翔天際

＊沙力浪（一九八一─），布農族，花蓮卓溪鄉人，東華大學民族發展所碩士。曾獲原住民文學獎、教育部族語文學獎、臺灣文學獎等，著有《笛娜的話》、《部落的燈火》、《祖居地‧部落‧人》。

廖亮羽

——預計得習慣如此年輕的風

預計得習慣如此年輕的風
　向遠方丟擲旋轉後的星球
細膩的泥土扭捏神話的詩
　聆聽林間敲打密碼的結社

＊廖亮羽（一九八五—），花蓮人，詩人、策展人，華梵大學哲學研究所畢業。風球詩社社長，風球出版社發行人。著有《Dear L，我定然無法再是一隻被迫離開又因你而折返的魚》、《羽林》、《魔法詩精靈族》。

徐珮芬

——只是擔心無法一口氣念完詩集的正確名字

只是擔心無法一口氣念完詩集的正確名字
關於傢（家）俱與悲傷的爭論（那是個錯字嗎？）
以及黑洞和眼睛的視野差距（其實那不太可能吧！）
還有延長雨季的氣象問題（對不起，那應該只是天氣。）
還是擔心無法一口氣念完詩集的正確名字

*徐珮芬（一九八六—），花蓮人，詩人，清華大學臺灣文學研究所畢業。曾獲林榮三文學獎、周夢蝶詩獎等，著有《還是要有傢俱才能活得不悲傷》、《在黑洞中我看見自己的眼睛》、《我只擔心雨會不會一直下到明天早上》、《夜行性動物》。

語言文學類　PG2477　秀詩人79

在花蓮
——山與海的激盪

作　　者／方　群
責任編輯／許乃文
圖文排版／周好靜
封面設計／王嵩賀

發 行 人／宋政坤
法律顧問／毛國樑　律師
出版發行／秀威資訊科技股份有限公司
114台北市內湖區瑞光路76巷65號1樓
電話：+886-2-2796-3638　傳真：+886-2-2796-1377
http://www.showwe.com.tw
劃撥帳號／19563868　戶名：秀威資訊科技股份有限公司
讀者服務信箱：service@showwe.com.tw
展售門市／國家書店（松江門市）
104台北市中山區松江路209號1樓
電話：+886-2-2518-0207　傳真：+886-2-2518-0778
網路訂購／秀威網路書店：https://store.showwe.tw
國家網路書店：https://www.govbooks.com.tw

本出版品獲花蓮縣文化局補助
指導單位：花蓮縣政府

2020年9月　BOD一版
定價：200元

國家圖書館出版品預行編目

在花蓮：山與海的激盪 / 方群著. -- 一版. --
臺北市：秀威資訊科技, 2020.09
面； 公分. -- (秀詩人；79)
BOD版
ISBN 978-986-326-846-8(平裝)

863.51 109012584

讀者回函卡

感謝您購買本書，為提升服務品質，請填妥以下資料，將讀者回函卡直接寄回或傳真本公司，收到您的寶貴意見後，我們會收藏記錄及檢討，謝謝！如您需要了解本公司最新出版書目、購書優惠或企劃活動，歡迎您上網查詢或下載相關資料：http:// www.showwe.com.tw

您購買的書名：______________________________

出生日期：________年________月________日

學歷：□高中（含）以下　□大專　□研究所（含）以上

職業：□製造業　□金融業　□資訊業　□軍警　□傳播業　□自由業

□服務業　□公務員　□教職　□學生　□家管　□其它____

購書地點：□網路書店　□實體書店　□書展　□郵購　□贈閱　□其他

您從何得知本書的消息？

□網路書店　□實體書店　□網路搜尋　□電子報　□書訊　□雜誌

□傳播媒體　□親友推薦　□網站推薦　□部落格　□其他________

您對本書的評價：（請填代號　1.非常滿意　2.滿意　3.尚可　4.再改進）

封面設計____　版面編排____　內容____　文／譯筆____　價格____

讀完書後您覺得：

□很有收穫　□有收穫　□收穫不多　□沒收穫

對我們的建議：______________________________

____

____

____

請貼
郵票

11466
台北市內湖區瑞光路 76 巷 65 號 1 樓
秀威資訊科技股份有限公司 收
BOD 數位出版事業部

（請沿線對折寄回，謝謝！）

姓　　名：________________　年齡：______　性別：□女　□男

郵遞區號：□□□□□

地　　址：______________________________

聯絡電話：(日) ______________ (夜) ______________

E-mail：______________________________